L'ŒNOMANIE.

Tout exemplaire qui ne portera pas la signature de l'auteur sera saisi.

PARIS. — IMPRIMERIE DE J. G. DENTU,
rue des Petits-Augustins, n° 5.

L'ŒNOMANIE,

POËME PHILOSOPHIQUE.

PAR A. DELCOURT.

On l'a dit avant moi : *Quand on a bien diné,*
Tout semble par le Ciel justement ordonné.

(ŒNOMANIE, chant II.)

A PARIS,

CHEZ { J. G. DENTU, libraire, Palais-Royal, galeries de bois, nᵒˢ 265 et 266 ;
CARILLAN-GOEURY, libraire, quai des Augustins, nᵒ 41.

MDCCCXXIV.

INTRODUCTION,

PRÉFACE, ÉPITRE DÉDICATOIRE

A MES AMIS.

———

MES bons amis, je suis toujours le même,
Et c'est en vain que je voudrais changer.
Vive mon goût! il n'offre aucun danger;
Boire et chanter est mon bonheur suprême.
Vous m'avez vu, dans tous les cabarets,
Sur le bon vin fredonner des couplets;
Mes bons amis, toujours je les fréquente,
Et c'est encor le bon vin que je chante.

NOTA. On aurait tort de chercher dans cet ouvrage des allusions à la politique ; les muses ne connaissent qu'un parti : c'est celui du goût.

SOMMAIRE

DU CHANT PREMIER.

L'auteur doit au vin la correction de ses nombreux défauts.
— Préjugés des amis du bon temps. — Hommage à la
comète. — Épisode.

L'OENOMANIE.

CHANT PREMIER.

J'étais triste autrefois, orgueilleux, sophistique,
Ébloui des beautés du style romantique,
Des grands hommes du jour partageant les travers.
Comme il font des romans, moi je faisais des vers.
Le sexe m'évitait.... Dans ma misère extrême,
Enfin je le confesse, en horreur à moi-même,
Fatigué d'exister, ne tenant plus à rien,
Je cours.... au cabaret...., et suis homme de bien.

   Plus sage, plus heureux, et surtout plus aimable,
Entre quelques amis je philosophe à table (1);
Je chante du bon vin les merveilleux effets,
Les maux qu'il a guéris, les heureux qu'il a faits.

   O toi, dont la vieillesse énergique et féconde,
Jadis planta la vigne et repeupla le monde,
Des ravages de l'eau, Noé, tu fus témoin;
Eh bien! d'y renoncer j'enseigne le besoin :

Viens donc me protéger, ma marche est chancelante ;
Je suis encor tout plein de l'objet que je chante.
Et vous, muets Solons, vous qui savez si bien
Qu'un dîner réchauffé ne valut jamais rien,
N'allez pas contre moi demander la clôture ;
Souriez aux accens d'un ami d'Épicure.

Tout est bien, mes amis, et ne peut être mieux ;
L'Éternel nous protége et comble tous nos vœux.
Honneur au temps présent ! honneur à ma patrie (2) !
Amis, n'écoutez point l'impuissance et l'envie,
Qui frondent nos plaisirs en vantant l'âge d'or ;
Un vieillard vous dira, s'érigeant en mentor :
« Avant que l'Éternel, maudissant ses images,
« Eût versé beaucoup d'eau sans les rendre plus sages,
« Le ceps ne souffrait pas que le fer inhumain
« Fît tomber de ses bois l'étalage trop vain ;
« La vigne produisait, sans peine et sans culture,
« Un vin délicieux, honneur de la nature ;
« Le lait dans les vallons serpentait en ruisseaux,
« Et le vin par torrent descendait des coteaux.
« L'homme était vertueux et la femme sincère.
« Moïse nous l'apprend. » Je le sais bien, mon père.
D'un peuple d'usuriers, ce prophète cornu,
Ne vit dans le passé que bonheur et vertu.
C'est de tous les vieillards la commune faiblesse.
Entendez-les vanter le temps de leur jeunesse,
Regrettant le passé, se plaignant du présent (3) :
Tel est l'homme, toujours ingrat et mécontent.

Tout allait mieux jadis quand on brisait la lance,
Bonheur, vertus, sagesse, étaient communs en France ;
La beauté, pour charmer, n'avait besoin de fard ;
Amour, beauté, candeur, c'était là tout son art.
Pacifique en amour, intrépide à la guerre,
Le Français déployait un noble caractère ;
L'honneur était son guide, et chacun l'eût pu voir
Pénétrer dans un camp, et non dans un boudoir.
Jadis nos chevaliers quittant la table ronde,
Deux fois pour un baiser faisaient le tour du monde. (4)

   Nos châteaux sont sans murs, et leurs sombres donjons
Ne renferment, hélas ! que de nombreux pigeons !
Où sont ces vieux couvens, ces fameux ermitages,
Asiles du bonheur, habités par des sages,
Qui fêtaient tour à tour à Clervaux, à Cîteaux,
Et le Dieu des chrétiens, et le dieu des tonneaux ?

   Le peuple s'entretient de finance et de guerre,
Les filles ne vont plus prier au presbytère ;
En dépit des sermons, il leur faut des époux ;
Nos femmes, nos abbés n'ont plus de rendez-vous.

   A ce triste bavard vous répondrez sans doute
Il est bon qu'à son tour chacun de nous écoute.
Docteur, l'on dînait bien, quand un sot cuisinier
Servait sur un trépied un taureau tout entier.
L'altier Fabricius, d'ailleurs fort honnête homme,
Offre un plat de légume aux députés de Rome,
Et le bon Abraham, le protégé des dieux,
Traite d'un veau rôti les habitans des cieux.

Hélas ! un goût pervers bannit ces nobles masses,
Et l'on veut aujourd'hui des turbots, des bécasses.
O jour ! ô siècle affreux ! un buveur libertin
Savoure avec plaisir Bordeaux et Chambertin !

Jadis pour nos aïeux réduits au nécessaire,
Un dîner n'était pas une importante affaire ;
Mais déjà le puissant, pour vexer le petit,
De nombreux courtisans consultait l'appétit.
Eh ! qu'importe des mets le bizarre assemblage,
Soit qu'un humble bouilli précède le potage,
Soit que le vin du crû, réservé pour la fin,
Succède à l'Ermitage ou bien au Chambertin !
Que le dîner soit bon ou le vin pitoyable,
Les plus grands intérêts se sont traités à table.

Tout est bien, mes amis, et ne peut être mieux.
Cessez, faibles mortels, d'incriminer les dieux ;
De la comète en feu l'influence bénigne
Peut encor féconder et nos champs et la vigne.
Astre cher et puissant, je veux chanter ta gloire ;
Avant que tes bienfaits sortent de ma mémoire,
Trahissant le bon goût, on verra le buveur
Du pétillant Aï dédaigner la saveur,
Préférer au nectar de la Côte-Rôtie,
Le cidre sans saveur de l'antique Neustrie.

Mais puisqu'en deux mille ans tu ne viens qu'une fois,
Que du monde nos vœux ne changent plus les lois ;
Sage dans mes regrets, content de la fortune,
Je n'exhalerai point une plainte importune.

Oui, le Ciel chaque automne est assez généreux ;
Il remplit nos tonneaux, c'est combler tous nos vœux.
   Censeur, inclinez-vous sous la bonté céleste :
Quand le bonheur s'enfuit, l'espérance nous reste ;
Ce qu'on faisait jadis, on le peut faire encor ;
De vos regrets plaintifs arrêtez donc l'essor.
Voulez-vous loin du bruit vivre en paix et tranquille?
On l'est encor aux champs. Eh bien! quittez la ville.
  Heureux, trois fois heureux qui ne vit que pour lui,
Qui mange, boit et dort sans s'occuper d'autrui ;
Qui, confiné trois mois au château de ses pères,
Dépense noblement le produit de ses terres !
La paresse, les ris, les jeux et les amours,
De ses jours fortunés embellissent le cours ;
Il n'ira pas chercher dans une île étrangère
Quelques vices de plus, de l'or et la misère.
Décoré d'un beau nom, du titre de savant,
Il n'ira pas noircir sous l'équateur brûlant ;
Député du sénat de la philosophie,
Parcourir en tremblant la froide Laponie (5).
Il laisse aux malheureux la peine et les travaux,
La fatigue aux soldats, et la gloire aux héros.
A table, environné d'une troupe bénigne,
Je le vois prodiguer le doux jus de sa vigne ;
On médit sans aigreur, on lance quelques traits ;
L'hôtesse est jeune encor, on vante ses attraits.
   Avez-vous remarqué que Rose, moins timide,
A son heureux amant lance un coup-d'œil rapide?

Fillette de quinze ans, modèle de candeur,
Ce n'est pas sans désirs que l'on séduit un cœur.
L'amour est un enfant, il aime les promesses,
Cet enfant délicat demande des caresses ;
Il faut, pour l'enchaîner, des baisers, des sermens,
Et la vertu permet ces accommodemens.

Aux plaisirs, aux amours, le vin toujours propice,
Soumet la plus rebelle, instruit la plus novice.
Damis, le vieux Damis, ce grondeur éternel,
Transformé tout à coup en gentil damoisel,
Jure que le Châblis, plus brillant que l'albâtre,
Lui peint mieux la blancheur du sein qu'il idolâtre.

Mais l'hôte s'est levé ; voyez, à ce signal,
Comme chacun répond par un geste amical (6) !
Les verres sont remplis d'un vin de l'Ermitage ;
De l'ami des gourmands il retient cet adage :
« Puissions-nous dans cent ans, aussi vieux que Nestor,
« A ce même banquet nous réunir encor ! »

Ne croyez pas, dit-il, que ce vœu soit folie ;
C'est vivre au moins cent ans que bien passer sa vie.
Il se tait, et soudain un murmure flatteur
Prouve que ce bon mot a séduit plus d'un cœur.

Partout vient d'éclater la plus vive allégresse,
De s'aimer à jamais on se fait la promesse.
Le chanteur Dorilas a rimé ses couplets :
Pour boire, nous dit-il, l'Éternel nous a faits.
Et la troupe, en chantant le vin et la folie,
Rend grâce au Tout-Puissant du bienfait de la vie.

Ne pensez pas pourtant, qu'effronté biberon,
Je veuille ici prêcher l'oubli de la raison.
Qu'un gentleman anglais nous prouve sa noblesse
Couché sur le parquet, terrassé par l'ivresse,
Oh ! ce n'est pas ainsi que boivent des Français ;
Modérés biberons, ne s'enivrant jamais,
Au sortir d'un repas vous les voyez encore
Célébrer galamment les jeux de Terpsichore.
Gaîté, plaisir, amour, sont nés dans le festin :
Quel dieu les a créés ? Mes amis, c'est le vin.

FIN DU CHANT PREMIER.

SOMMAIRE

DU CHANT SECOND.

Analyse rapide des différentes passions qui agitent le cœur humain. — Épisode. — Éloge des poëtes qui ont chanté le vin.

CHANT SECOND.

———

Tandis qu'au genre humain désireux d'être utile,
J'enseigne du buveur l'art heureux et facile,
Le sage et le dévot, contre moi réunis,
M'opposant tour à tour l'insulte et le mépris,
Tantôt vont s'écrier qu'aux yeux de la morale,
Au rang des animaux l'ivresse nous ravale ;
Tantôt que le bon goût est un péché véniel,
Et que choisir ses vins c'est offenser le ciel.

Nargue soit du courroux, docteurs, qui vous anime ;
Le penchant le plus doux ne fut jamais un crime,
Et boire est un plaisir qu'on obtient sans efforts,
Qui n'entraîne après lui ni vide ni remords (1).

A certaines vertus, dont les funestes charmes
A tant de citoyens ont fait verser des larmes,
Je préfère gaîment la modeste vertu
De choisir avec art les vins du meilleur crû.

Grands dieux ! détournez-moi de l'amour de la gloire
Et du chemin fatal qui mène à la victoire ;
Cordons, lauriers, grandeurs, n'ont pour moi nul appas :
La gloire est un tourment, le repos ne l'est pas.

Il me souvient encor de mon César de Prusse,
Et du boxeur anglais, et de l'officier russe,
De nos fiers moniteurs et d'Écosse et du Don,
Moralistes plaisans, vrais amis sans façon,
Qui, gravant en un jour deux mots en leur mémoire,
Apprenaient le français pour demander à boire;
Ma cave, veuve hélas d'un vin d'excellent clos,
Me prouva clairement qu'ils étaient des héros.

O tristes souvenirs! ô fatale journée!
O mes premiers essais! ô ma table écornée!
O mon verre chéri, vainqueur de soixante ans!
Tout périt!.... et mon vin enivra ces méchans.

Si, malheureux jouet d'un funeste délire,
Au lieu d'un fer cruel vous avez pris la lyre,
Bon auteur, redoutez la critique et les sots,
Ou craignez, faible auteur, l'esprit et les bons mots.
Lorsqu'un censeur sur nous a levé la férule,
On est à tous les yeux un objet ridicule.
Despréaux a souri, bientôt tout l'univers
Sut que l'abbé Cottin faisait de mauvais vers,
Qu'un Pradon rimaillait en dépit de Minerve,
Que Chapelain avait une *âpre et dure verve.*

Plus simples dans vos goûts, plus sages dans vos mœurs,
De plaisirs moins brillans cherchez-vous les douceurs?
Je sais qu'avec ardeur on peut aimer la chasse;
Mais que de fois, hélas! sans perdreaux, sans bécasse,
Revenant au logis les os brisés, rompus,
Je jurais en grondant de n'y retourner plus!

La danse vient ensuite : on conçoit qu'elle plaise
Aux nombreux étourdis qui font la chaîne anglaise,
L'élégant moulinet, l'antique queue du chat;
Mais on doit s'élever plus haut que l'entrechat.
Il est un sentiment qu'un seul coup d'œil fait naître,
Qui s'empare de l'âme et lui commande en maître,
Qu'accompagnent toujours peines, tourmens, soucis,
Et qu'entourent pourtant et les jeux et les ris.
Mélange fortuné de douceurs et d'alarmes,
Bonheur parfois cuisant, tourment rempli de charmes
Que le berger, le prince éprouvent tour à tour,
Vous le connaissez tous, mes amis : c'est l'amour.
On peut encor douter, quoi qu'en ait dit Homère,
Qu'une femme dix ans ensanglanta la terre.
Mais ne savons-nous pas qu'à Paris, à Pékin,
L'amour est un fléau? Non, c'est un don divin.
Ou bonheur ou fléau, qu'on le craigne ou qu'on l'aime,
Le comparer au vin n'est pas moins qu'un blasphême.
Que de fois cependant, dans plus d'un heureux tour,
L'entreprenant Bacchus n'aida-t-il pas l'amour!
Buvez, tristes amans qui manquez d'énergie,
Buvez, le vin nous donne et vigueur et génie;
On l'a dit avant moi : *quand on a bien dîné,*
Tout semble par le ciel justement ordonné,
Des plus belles couleurs la nature se pare,
On rêve le bonheur, c'est un rêve si rare !

Naguère près du feu, taciturne et distrait,
D'un épisode heureux je cherchais le sujet,

Et je cherchais en vain ; ce n'est pas que la fable
N'ait quelques traits charmans et dignes de la table ;
J'aurais pu répéter Ariane et Bacchus,
Et vingt autres sujets tout aussi rebattus.
Auprès de moi ma tante observait le silence ;
Ne point parler, pour elle est une pénitence ;
Je la vis tour à tour cracher, priser, tousser,
Puis frapper son gros chat, et puis le caresser,
Puis s'écrier enfin : Ennuyeux personnage !
Parle donc.... mais j'écoute.... Écoutez, soyez sage.
  « J'étais jeune autrefois, j'avais beaucoup d'amans (2)
« Qui vantaient à l'envi mes grâces, mes quinze ans ;
« Les rimeurs d'alentour s'étaient creusé la tête
« Pour me trouver un nom plus digne et plus honnête.
« Tantôt c'était Vénus, tantôt c'était Iris ;
« On ne pouvait me voir sans se sentir épris ;
« De mes yeux s'échappait une innocente flamme,
« Qui de mes courtisans soudain embrasait l'âme.
« J'étais prude à l'excès, et d'un ton dédaigneux
« Je rejetai de tous les beaux vers et les vœux.
« Mais je connus Saint-Phal, et Saint-Phal sut me plaire,
« Quoiqu'il eût contre lui la fortune et mon père.
  « Un jour, j'y songe encor, ah ! qu'il est loin, ce temps !
« Mon père réunit à sa maison des champs
« De ses nombreux amis une troupe fidèle ;
« La campagne jamais ne nous parut si belle :
« Le dîner fut servi sous un riant berceau ;
« Non loin de cet endroit serpentait un ruisseau.

« Déjà ne régnait plus cette froide étiquette ;

« Le Champagne avait mis tout le monde en goguette.

« Quel plaisir ! je voyais Saint-Phal à chaque instant

« Me peindre son amour d'un regard caressant.

« On finit. La gaîté dispersa les convives ;

« Je recherchai le bruit des ondes fugitives.

« Là, seule avec mon cœur, rêvant à mes amours,

« D'un ruisseau lentement je remontais le cours ;

« De sa timidité j'accusais le silence ;

« J'osai même, je crois, désirer sa présence.

« Tout à coup.... c'était lui !.... il pressait mes genoux !

« Respectez ma vertu !.. Dieux !.. Saint-Phal, qu'osez-vous ?

« J'étais si jeune, alors ! et ma voix affaiblie

« Murmurait sur sa bouche : Épargnez votre amie !

« Il ne m'entendait plus. Le dirai-je ? O pudeur !....

« Achève ce tableau, respecte ma douleur.

« Un changement nouveau bientôt se fit connaître ;

« Devant mon père, hélas ! je n'osai plus paraître ;

« Et comment supporter (j'y renonçai vingt fois)

« Les éclairs de ses yeux, les foudres de sa voix !

« Le désespoir.... un crime allait finir ma vie.

« Mon père fut instruit ; il sut mon infamie.

« Je crois le voir encor, les yeux mouillés de pleurs,

« Me demander raison de cet oubli des mœurs :

« Il pensait, disait-il, qu'à son heure dernière,

« Des mains pures, mes mains, lui cloraient la paupière.

« Une conduite noble, un nom, des cheveux gris,

« Par ma faiblesse, hélas ! se couvraient de mépris.

« Du vrai bonheur pour lui j'avais tari la source ;
« Il fallut employer la dernière ressource.
« Il fit venir Saint-Phal, et l'heureux criminel,
« Fidèle à ses sermens, me conduit à l'autel.
« Il n'oublia jamais que notre mariage
« D'un moment de délire avait été l'ouvrage. »
   Qui n'a pas du bon vin éprouvé la saveur,
N'a jamais, non, jamais, connu le vrai bonheur ;
Mais qui n'a pas goûté de ce jus délectable ?
Le monde est plein d'auteurs qui célèbrent la table (3).
   Un vieillard, jeune encor au déclin de ses jours,
Anacréon, chanta le vin et les amours.
Au palais des Césars le satirique Horace,
Disciple de Bacchus, nourrisson du Parnasse,
Heureux, chéri, fêté, sous la pourpre et le dais,
Fredonna des chansons qu'on traduit en français.
Mais son vin, entre nous, qu'il vantait à Mécène,
Son Falerne fameux n'était que du Surène ;
Car les Romains d'alors, grands amis des combats,
De tous leurs vignerons avaient fait des soldats.
Épicure enseigna le grand art de bien boire ;
Chaulieu, Pannard, Piron, de joyeuse mémoire,
Ont chanté l'Épernay, le pétillant Aï,
Le vin du Clos-Vougeot et celui de Châbli.
Et toi, riant Berchoux, que j'admire et que j'aime,
Le plus gai des Français, dont le joli poëme
Sut si bien nous prouver que le seul vrai plaisir
Est deboire et manger et se bien divertir,

Berchoux, un fol orgueil, me remplissant d'audace,
Ne me poussa jamais à marcher sur ta trace;
J'ai voulu contenter un besoin de mon cœur:
J'ai dû chanter le vin puisqu'il fait mon bonheur.

FIN DU CHANT SECOND.

SOMMAIRE

DU CHANT TROISIÈME.

Système politique de Mahomet. — Citations tirées de l'Écriture et de l'histoire, pour prouver l'excellence du vin. — Le déjeuner d'Auteuil.

CHANT TROISIÈME.

—

Qu'il soit maudit partout ; je voue à l'anathême
Cet infâme imposteur, dont le cruel système
Retranchant ce qui peut égayer un festin,
Permit l'assassinat et défendit le vin !
Si tout un peuple, encor épris de sa doctrine,
Avide de fureur, de meurtre et de rapine,
Nous offre à chaque pas des chrétiens expirans,
Des esclaves partout et partout des tyrans ;
Si sa rage, toujours impuissante et féconde,
Mine sans l'épuiser le plus beau sol du monde,
C'est sur toi, malheureux, que pèsent ces horreurs.
De ce peuple toi seul as corrompu les mœurs :
Voilà les tristes fruits de trop de continence.
L'estomac, sur le cœur, a beaucoup d'influence,
Et lorsqu'à son dîner l'on n'a bu que de l'eau,
Les plus noires vapeurs s'emparent du cerveau,
Et la digestion, qui devient difficile,
Nous rend ce caractère indolent et futile,
Hélas ! souvent cruel ; mais qu'importe à celui
Dont le bien s'agrandit du désastre d'autrui !

En proscrivant le vin, cet adroit politique
Renversa tout entier le système physique :
Dès lors plus de génie, et de bon sens très peu ;
La tête resta vide, et Mahomet fut dieu (1).
Le jeûne est un devoir dont parfois je m'acquitte,
Mais de jeûner souvent je n'ai pas le mérite.
Les dévots espagnols prouvent assez d'ailleurs
Que les plus tempérans ne sont pas les meilleurs ;
Mais l'Anglais au contraire, amant de sa patrie,
Puise dans le clairet raison, force et génie.
In vino veritas; il fallait dire encore :
« Un tonneau de bon vin contient un grand trésor. »
On y trouvait jadis, comme au siècle où nous sommes,
Le secret des vertus du sage et des grands hommes.
Alexandre-le-Grand fut un bon général ;
A la table, aux combats il n'eut jamais d'égal ;
Pour vaincre et s'enivrer le Ciel l'avait fait naître :
Le monde en ce buveur a reconnu son maître.
César, franc biberon, le plus grand des Romains,
Comble de ses bienfaits même ses assassins ;
Mais ce fameux Brutus, ce fier amant de Rome,
N'avait pas les vertus qui forment l'honnête homme ;
Il ne riait jamais, il mélangeait son vin,
Il se levait colère et se couchait chagrin ;
Il fut sobre, dit-on, orgueilleux et sévère :
Il eut tant de vertu qu'il égorgea son père!!!
Beaucoup de traits pareils recueillis avec soin,
Pourraient aux raisonneurs opposer, au besoin,

Un système moral dont la force défie
Tout ce brillant fatras de leur philosophie;
Mais ce n'est pas assez : le Solon des Hébreux
Va me fournir encor un épisode heureux.

    L'Éternel autrefois, fidèle à sa promesse,
N'offrit point à Moïse une vaine richesse.
Regarde, lui dit-il, contemple ce pays;
Tu verras les trésors qui vous furent promis.
Placé sur le sommet d'une haute montagne,
Ses yeux de Chanaan parcouraient la campagne :
Le prophète en extase admirait ce tableau ;
Jamais aucun mortel ne vit rien d'aussi beau.
Il vit... vous le dirai-je? ô miracle ! ô surprise !
Rare fécondité de la terre promise,
Deux énormes raisins sur un vaste brancard
(Ces grappes n'étaient point le produit du hasard,
Car l'on avait, dit-on, choisi les plus petites),
Portés, non sans effort, par deux Israélites.

    Ouvrez vos livres saints; partout le Tout-Puissant
Ne vous paraît-il pas être ami du gourmand?
Rappelez-vous ce trait célèbre et mémorable,
Ce trait le plus fameux des fastes de la table :
Aux noces de Cana, lorsque d'un ton chagrin
Un valet annonça qu'on n'avait plus de vin,
C'était à la gaîté le plus grand des obstacles.
Commençant aussitôt le cours de ses miracles,
Jésus, sans s'étonner, sans creuset, sans fourneau,
Fit deux barils de vin de deux citernes d'eau.

A Paris, je le sais, sans beaucoup de prestige,
Tous nos restaurateurs imitent ce prodige ; .
Mais on peut distinguer par la digestion,
L'œuvre du Tout-Puissant de l'œuvre du fripon.
Le bon vin de Cana ne fit mal à personne,
Et dans leurs restaurans, grand Dieu, l'on s'empoisonne !
Mais tandis que je suis d'humeur à babiller,
D'un fait bien plus récent je vais vous régaler.

Chez un traiteur fameux, si l'on en croit l'histoire,
Des savans quelquefois s'exerçaient à bien boire.
Le fécond Scudéri, le doucereux Quineau,
Chapelain même aussi, trinquaient avec Boileau,
Et là brillaient sans fard et non pas sans noblesse,
D'illustres écrivains, la gloire du Permesse ;
Là, le joyeux Chapelle, élève de Chaulieu,
Proclamait hautement silence pour son dieu ;
De ces joyeux dîners il faisait les délices ;

Ce Chapelle avec goût en réglait les services.
Un jour qu'un vin d'Aï lui prêtait son esprit,
Déraisonnant alors comme un grave érudit,
De Gassendi, dit-on, il tira ce système,
Que cesser d'exister est le bonheur suprême.
Vous eussiez vu soudain nos buveurs l'applaudir,
Et s'écrier en chœur : Eh bien, il faut mourir.
Se quitter est pourtant une cruelle peine !
C'est au moins la dernière, ajoute La Fontaine ;
En mourant, mes amis, ne nous séparons pas ;
A notre heure suprême entrelaçons nos bras :

Périssons tous ensemble. Il dit. L'aréopage
Pour la première fois de l'eau veut faire usage.
On applaudit encor. Du bras de son voisin
S'emparant aussitôt, on se met en chemin.

    Après un court trajet on s'arrête, on arrive;
Déjà je crois les voir s'élancer de la rive.
Que d'ouvrages charmans étaient perdus pour nous!
Mais quelqu'un a parlé. « Messieurs, où courez-vous? »
Ainsi nous avons vu, non loin de leur demeure,
Quand partout dans Paris sonne la douzième heure,
Quelque jeune beauté, au minois agaçant,
Passer et repasser, et toujours en chantant,
Les hymnes de Piron à la bonne déesse;
Leurs ris immodérés, leur bruyante allégresse
Ont fixé les regards du faible promeneur;
Il marchande déjà quatre mois de douleur;
Mais la garde paraît au détour de la rue;
La troupe l'aperçoit, et reste confondue.
Tel fut de nos buveurs l'équivoque maintien;
Ils formaient un tableau bien digne du Titien.
Interdits et confus, dans un morne silence,
Ils rêvaient au moyen d'éviter sa présence;
Mais de la troupe enfin l'orateur obligé,
Chapelle, répondit en style négligé :

    « Pourquoi tant tenir à la vie?
    « Pourquoi cumuler tant de jours?
    « Espérer est une folie;

« Les maux seuls reviennent toujours.
« Hâtons plutôt l'heure dernière
« Qui doit nous tirer d'embarras.
« Heureux celui qui ne vit guère !
« Plus heureux qui n'existe pas !

« Le temps trop lentement entraîne
« Un être qui vint pour souffrir ;
« Il finit par user sa chaîne,
« Et voit tous ses tourmens finir :
« Tu viens fort à propos, j'espère,
« Pour nous chanter des *libéras*.
« Heureux celui qui ne vit guère !
« Plus heureux qui n'existe pas !

Pour s'immortaliser, leur répondit Molière,
Il fallait prévenir la capitale entière ;
Mais ce soir l'action n'aurait que peu d'effet,
Pour attendre le jour, rentrons au cabaret.
Dans les bras du poë te aussitôt l'on se jette,
Et la troupe s'en fut souper au *Veau qui tette*.
Laissant aux orateurs le langage verbeux,
C'est par des actions que je parle à vos yeux.
A ma véracité refusez-vous de croire ?
Ouvrez *le Pentateuque*, et parcourez l'histoire.

FIN DU CHANT TROISIÈME.

ÉPILOGUE.

Mes bons amis, je n'irai pas plus loin ;
Car être bref est, dit-on, un mérite ;
Je veux l'avoir, et vous laisse le soin
De me crier : Mais tu finis trop vite !
C'est vrai. J'ai craint de paraître bavard ;
Et quels beaux traits j'ai passés sous silence !
Loth enivré, redevenu gaillard,
De deux tendrons surpassant l'espérance.
On eût pu voir un mauvais menuisier,
Mais qui buvait et chantait à merveille,
Le bon Adam, non pas l'homme premier,
Mais le premier des amis de la treille.
Et puis.... Adieu, je vais au cabaret,
Plus amplement méditer mon sujet.
Mes bons amis, bravo, faites de même,
Buvez, chantez, embellissez vos jours ;
Je le redis : C'est le bonheur suprême !
Ainsi soit-il. Mais surtout, mais toujours
Soyez polis, si quelque rouge trogne
S'offre à vos yeux dormant déshabillé.
Cham fut maudit pour avoir oublié
Qu'on doit toujours respecter un ivrogne.

NOTES

DU PREMIER CHANT.

———

(1) Entre quelques amis je philosophe à table.

Ma philosophie trouvera-t-elle grâce auprès des gens graves ? A tout évènement, voilà ma réponse :

> La Grèce et toute l'Italie
> Entendaient par philosophie
> Suivre les lois de la raison.
> Mais admirez la bigarrure!
> Philosophe était Épicure,
> Et philosophe était Platon.
> L'ardent ami de la sagesse,
> Le joyeux amant de l'ivresse,
> Tous deux s'honoraient de ce nom.
> Divers en leur façon de vivre,
> Tous deux cependant croyaient suivre
> Les justes lois de la raison.

(2) Honneur au temps présent! honneur à ma patrie!

Les Berchoux, les Casimir Delavigne, les Béranger nous

prouvent assez que le 19e siècle n'est pas tout à fait sans gloire.

(3) Regrettant le passé, se plaignant du présent :
Tel est l'homme, toujours ingrat et mécontent.

Depuis Noé, on se demande d'âge en âge : Les hommes d'autrefois valaient-ils mieux que les hommes d'aujourd'hui ?

Cette question, qui intéresse vivement l'observateur des mœurs, a divisé deux grands écrivains du dernier siècle.

L'un, doué d'organes sensibles, rêvant le beau idéal de la vertu, trouva très-mauvais qu'un homme vendît sa liberté, sa pensée, et toutes ses facultés enfin, pour un habit brodé, de l'or et des cordons. Il s'indignait des mœurs des salons, du mépris que les femmes affichaient alors pour le lien conjugal ; et son cœur aimant, irrité de ne trouver que peu de personnes véritablement dignes d'être aimées, se hâtait de conclure que les humains avaient dégénéré ; que l'homme, né bon, ne devait ses vices qu'à son éducation, et non à la nature.

L'autre, caustique et railleur, sacrifiant aux travers du grand monde, aux préjugés de la cour, aux vices de la société, tour à tour philosophe et courtisan, content des hommes et se plaignant d'eux, prétendit résoudre cette question par celle-ci :

« Les éperviers ont-ils toujours mangé les autres oiseaux ? »

Entre les deux, je n'ai pas long-temps balancé.

Je pense comme Rousseau et plaisante avec Voltaire.

(4) Deux fois pour un baiser faisaient le tour du monde.

Voyez les *Lettres à Emilie.*

> Cruelle, pour vous apaiser
> J'ai parcouru la terre et l'onde,
> Et pour obtenir un baiser
> J'ai fait deux fois le tour du monde.

(5) Parcourir en tremblant la froide Laponie.

Allusion aux savans envoyés dans le Nord pour mesurer les degrés du méridien.

Maupertuis a écrit la relation de ce voyage. La lecture de cet ouvrage m'a inspiré ces vers :

> Faut être fou pour courir l'univers,
> Et tour à tour, dans les climats divers,
> Poussé par l'or ou la philosophie,
> Trembler en Prusse ou griller en Nubie;
> Le tout pour dire, en prose ou bien en vers:
> J'ai vu Memphis, j'ai vu mainte momie,
> Des monumens et des hommes pervers.
> Eh! mais, mon Dieu, sans traverser les mers,
> J'en vois autant partout dans ma patrie.

(6) Mais l'hôte s'est levé; voyez, à ce signal,
  Comme chacun répond par un geste amical !

Ici, je suis forcé de me ranger parmi ceux qui regrettent les derniers jours de l'ancien régime. Il n'est plus possible d'établir un parallèle entre la gaîté d'autrefois et la gravité

d'aujourd'hui ; la politique siége à tous nos festins ; l'étiquette la plus monotone en règle les services ;

> On ne rit plus, on sourit aujourd'hui,
> Et nos plaisirs sont voisins de l'ennui.

Que j'aime à me transporter, par le souvenir, au temps
de mon enfance, au village, chez l'oncle qui protégea mes
jeunes ans ! La révolution n'avait changé ni ses mœurs si
ses habitudes.

Souvent les plaisirs de la table réunissaient chez lui une
aimable société. Il n'était pas de rigueur alors de porter un
habit de deuil pour dîner et danser ; on n'avait pas encore
adopté au dessert la plaintive romance, les roulades et les
grands airs d'opéra. Comme autrefois, le refrain de la
chansonnette était répété en chœur, et toujours le dernier
couplet nous provoquait à donner un baiser à notre voisine.

NOTES

DU CHANT SECOND.

———

(1) Et boire est un plaisir qu'on obtient sans efforts,
   Qui n'entraîne après lui ni vide ni remords.

On pourrait sérieusement argumenter en faveur du vin, en établissant un parallèle entre les plaisirs de la table, l'amour, la danse et la chasse.

La chasse est un exercice fatigant, parfois dangereux, et qui n'est souvent suivi d'aucun succès.

La danse est un autre exercice dont on ne conçoit pas bien le but, et qui, considéré par un philosophe, peut bien mériter le titre de folie.

L'amour est un tourment.

(2) J'étais jeune autrefois, j'avais beaucoup d'amans.

Est-il nécessaire de déclarer ici que l'épisode entier est une fiction, et que toutes mes tantes furent des filles sages et sont des femmes vertueuses ?

(3) Le monde est plein d'auteurs qui célèbrent la table.

S'il est des érudits parmi les distillateurs, il est étonnant qu'on ne se soit pas encore avisé de donner à quelques liqueurs le nom des grands hommes connus dans les fastes de la gastronomie. L'Anacréon ne vaudrait-il pas bien le parfait-amour? L'Epicure, le Lucullus, le Berchoux, etc.

NOTE

DU CHANT TROISIÈME.

———

(1) La tête resta vide, et Mahomet fut dieu.

Mahomet était un homme de beaucoup d'esprit, qui con-
naissait sans doute le proverbe *in vino veritas*. Que d'autres
se plaisent à lui faire honneur de grandes vues politiques,
morales et sanitaires, je crois lui rendre une justice com-
plète en lui supposant le seul motif de fanatiser les peu-
ples par le jeûne, et étouffer le raisonnement.